KB237278

문학과지성 시인선 420

처럼처럼

최규승 시집

문학과지성사

문학과지성 시인선 420

처럼처럼

초판 1쇄 발행 2012년 10월 31일
초판 2쇄 발행 2012년 12월 26일

지 은 이 최규승
펴 낸 이 홍정선
펴 낸 곳 ㈜문학과지성사

등록번호 제10-918호(1993. 12. 16)
주   소 121-840 서울 마포구 서교동 395-2
전   화 02)338-7224
팩   스 02)323-4180(편집)   02)338-7221(영업)
전자우편 moonji@moonji.com
홈페이지 www.moonji.com

ⓒ 최규승, 2012. Printed in Seoul, Korea

ISBN 978-89-320-2358-8

문학과지성 시인선 420

처럼처럼

최규승

2012

시인의 말

시는
시다

짜지 않아야
달지 않아야
쓰지 않아야

시다

2012년 가을
최규승

처럼처럼

차례

4

1

커튼

—항미에게

　일몰의 시간 실내등을 켜기 전 귓속에 물을 붓고
눈을 떠라 눈을 떠라 바닷속은 차고 몸은 따뜻해 말
없이 세상의 온갖 소리를 집어넣고 아무 일도 없다는
듯 가만히 서 있다

　돌고래의 울음소리를 들은 듯하다

세상에 없는 아름다움을
말할 때 나는 아프다
김 한 장에도 입술이 베였던
하얀 침대 위에서 나는
아름다움으로 어지러웠다

누군가의 안녕을 묻기에
내 시는 아직 아프다

은유

바람의 문 문의 바람

빌딩의 숲 숲의 빌딩

기타의 사운드 사운드의 기타

마이크의 손 손의 마이크

하늘의 끝 끝의 하늘

비둘기의 평화 평화의 비둘기

노동의 노래 노래의 노동

행복의 시간 시간의 행복

슬리퍼의 때 때의 슬리퍼

모빌의 흔들림 흔들림의 모빌

화분의 선인장 선인장의 화분

비상구의 커피 커피의 비상구

뉴욕의 비행기 비행기의 뉴욕

후쿠시마의 먹구름 먹구름의 후쿠시마

감동의 쓰나미 쓰나미의 감동

그녀의 침대 침대의 그녀

여인의 울부짖음 울부짖음의 여인

전위의 읊조림 읊조림의 전위

이것의 부재 부재의 이것
나의 너 너의 나
나의 나 나의 나
나의 나
나
의
나
의
ㅇ
ㅡ
ㅣ

사이시옷

한 사람이 걸어간다
한 생이 지나간다
라고 쓰고 웃는 사이
나무 사이로
한 사람이 지나간다
나무와 나무 사이
한 사람이 보였다 보이지 않는다
나무 사이에 한 사람이 찼다 비워진다
라고 쓰는 사이
나무와 나무 사이
사이와 사이 나무
한 사람과 한 사람 사이
한 사람은 지나가고
한 사람이 사이에 남는다
한 사람과 한 사람
지나간 사람과 지나는 사람
사실은 나무와 사이
한 생이 지난 여운이라 쓰고

또 웃는다
여전히 나무와 나무 사이
여운과 여운 나무
사람과 생과 여운과 나무 사이
사이와 사이를 가득 채운
사이
한 사람은 여운으로 지나간다
라고 쓰고 웃는다
지나간다와 가득 채운 사이
웃는다가 남는다
다 지나가고 남는다만 남는다
쓴다와 웃는다 사이
사이와 사이 사이
사이만 남는다
라고 쓴다

고통

아름다운 날이었다
창밖 나뭇가지에 쌓인 눈이
하얗게 선명해지는 날이었다
바람 소리
풀벌레 소리
흔들리는 날이었다

수천 킬로미터 떨어진 곳에서
땅이 흔들리고
물이 끓고
공기가 찢어지는
것도 내 것인 날이었다
너의 날도 그의 날도
개와 쥐의 날도
모두 내 것인 날이었다

쿠키의 날이었고
커피의 날이었고

냉장고의 소음이 불규칙한 날이었다
롤러코스터의 날이었다
찻잔의 날이었고
테이블의 날이었고
견과류의 날이었다

나팔 소리 흔들리는 날이었다
모든 것이 흔들리는 날이었다
나만 꼿꼿한 날이었다
아무것도 아닌 날이었다

나는

완력기다
자판이다
지우개다
볼펜이다
보온병이다
침대다
링거다
주사다
수술실이다
가운이다
스테이플러다
냉장고다
파지다
영양제다
휴지다
땅콩이다
호두다
받침대다

액자다
문고리다
컵이다
잔이다
그라인더다
티백이다
선풍기 날개다
창문이다
가방이다
피다
빨갛다
노랗다
하얗다
징그럽다
어지럽다
작다
두껍다
진하다
호리호리하다

시끄럽다
어울린다
떠든다
흐느적댄다
흐른다
잘린다
터진다
묶인다
잠든다
생각한다
떠든다
열린다
숨 쉰다
멈춘다
잊는다
죽는다
태연하다

내가 아니다

유서

발신 번호가 없는 전화가 왔다 녹음된 목소리는 장
례식에 쓸 레퀴엠을 반복해서 알려준다

새벽의 베르디는 빈속을 마비시키기에 충분하다

아무것도 하지 않은 날이 너무 오래 지속되고 있다

어제 꽃 핀 화분에 물을 뿌린다 물줄기는 꽃에 닿
지 못하고 바닥에 떨어진다

샤워할 수 있는 몸은 미완성이다 이미 무너졌으므
로 다시 만들 수 없다

재긴축 건물 사이로 물실이 생겼다 철거는 차질 없
이 진행되고 강물은 여전히 흘러간다

바위는 견고하고 땅은 두껍고 풀은 약하다

새들이 날개를 접고 떨어진다

그동안 나는 너무 즐거웠다 가만히 있을 때조차 웃
음이 비어져 나왔다 어금니를 깨물고 아무 말도 하지
않았다 하늘 색이 노랗다

풍선은 선선히 손끝을 떠난다 멈칫하는 순간이 추
억이 된다 프레임 모서리에 걸린 그림자가 흔들린다

오래지 않아 놀이동산은 재개장할 것이다 대회전관
람차는 스물세 칸, 천천히 돌아도 스물세 칸, 더 이상
나눌 수 없는 스물세 칸, 아무나 타고 내려도 스물세 칸

어두컴컴한 극장 안, 상복을 입고 엉거주춤 일어선
사람들이 흐느적거린다

음악은 이미 푸가로 바뀌었다 어둠 속에서 추는 춤
은 스텝마저 젖어 있다

모든 춤이 끝난 뒤, 나는 아무 소리도 듣지 못했다

죽음은 결코 죽음에게 말하지 않는다

귀

서쪽 창
나무 그림자
어룽댄다
그림자 투명하다
그림자 위 나뭇가지
흔들린다
나타났다 사라진다
마룻바닥 위 나뭇가지
흔들린다
형광등 불빛 얹힌다

아득히 올려다보는 물빛
출렁인다 일렁인다 흐른다
아무 소리도 들리지 않는다

물속에 빠진 의자를 생각한다
물 바닥에서 기우뚱대는
네 다리의 균형에도

흔들리는 의자

의자에 앉는다
아득하다
아득함을 떠올릴 때
창은 다시 흔들린다
커피 향 가득한 방을 생각한다
몸이 움직이지 않는다
어제 이후 난 사람이 아니다
나뭇가지 흔들린다
창밖

하루

물빛이다

남자가 서 있다

목소리 떠다닌다

눈을 뜬다

이름을 묻는다

다시 물빛이다

누군가 이름을 부른다

금요일 밤이다

나뭇잎 떨어진다

흔적을 걷는다

계단이다

남자는 이제 앉아 있다

빛을 흔든다

내일은 다시 물빛이다

왈츠

여자는 나무의 그림자를 안고 있다
까맣게 빛나는 오후
눈을 감는다
한 박자 쉬고

고개를 돌린다
여자의 배경이 흐려진다
틀 밖을 응시하는 여자
아무도 모른다
사진을 찍는다
여자의 사진이 지워진다
흐려진 배경이 모니터 속에서 선명해진다
또 한 박자 쉬고

여자의 발걸음이 흐른다
나무의 그림자 발걸음을 붙든다
그림자 위로 흘러내리는
발걸음

그림자 지워진다
한 남자가 지나간다
모든 노래는 벽 위에서 자란다
나무는 여자의 그림자를 안고 있다

소염진통제

안개 속을 걸어 집에 닿았다
공기는 부풀고 몸은 무거워
어둠 속에서도 빛나는 집
동쪽 방으로 들어간다
여자는 안개를 삼킨다
태어난 아이는 울지 않는 여자아이
왼쪽 이마에 나비 한 마리
아이가 숨을 헐떡일 때
파득거리는 날개
미세하게 흔들리는 안개
속에서 불쑥 나타난 사내
아이의 이마에서 나비를 뜯어낸다
아이는 울지 않는다
뜯긴 자리에서 나비가 솟아난다
안개를 흘리는 여자
몸이 서서히 무너져 내린다
나비는 출렁이는 빛을 가르고
여자의 몸에 잠긴다

사내는 나비를 움켜쥐고
다시 안개 속으로 사라진다
아이는 서서히 나비가 된다
울음 대신 날갯짓
안개를 건너는 날갯짓

조사

공장에서 막 출고된 자동차를 타고 싶었다
아무도 없는 거리에서 벌거벗고 달리고 싶었다
아스팔트 위에 색색의 물감을 쏟아붓고 싶었다

자동차는 검은색 짙게 코팅된 유리창엔 구름이 선
명했다 욕실 창틈으로 들어온 바람은 옷을 모두 벗겼
다 어떤 날은 빗줄기가 들어와 나를 벌거벗게 했다
아무것도 먹지 않았는데도 배가 불렀다 골목의 담벼
락은 온갖 이름으로 어지러웠다 그 이름들이 섞여 낯
선 소리를 냈다 그 소리들이 가슴에 숫자로 새겨졌다

곰팡내와 지린내가 언제나 나를 깨웠다 창살에 잘
린 달빛이 벽지를 대신하는 벽, 거기에 나는 손톱으
로 그림을 새겨 넣었다 떨어진 흙 부스러기에 겁을
먹었으나 주검 없는 만장에는 당당했다 빈 무덤에도
나는 태연히 분향했다 바람보다 먼저 날아든 독수리
는 세상 끝으로 나를 채갔다

센서가 유난히 반짝이는 수술실 자동문
그 안에 누워
아무 날이나 계속되기를 바랐다
유일하게 되고 싶은 것은
아무것도 되지 않는 것
중얼거리며 그곳에서 나는
여러 번 죽었던 적이 있다
죽음은 너무 권태롭고
삶은 이야기할수록 거짓이 될 뿐이다

하여가

달콤한 은유는 이제 무대 위의 그녀에게 돌려줘야 해

휴대전화 버튼의 별을 누르자 사랑니 두 개가 한꺼번에 빠진다

신문을 읽는데 거기 아는 사람의 뒷모습이 보인다

자작나무 숲 속에서 잃어버린 신발을 찾는다

아버지는 구두끈을 묶지 않은 채 집을 나선다

광장 모퉁이에 벌거벗은 사람들이 미동도 없이 서 있다

아침은 고요해 지난 세기는 이제야 마무리된다

세상을 바꿀 거야 노래하는 그녀에게 박수를, 은유를 빼앗긴 우리는 썩은 이를 뽑고 (사람은 절대 뽑지

마) 거즈를 물고 아무 말 없이 (침묵은 결코 금이 아
니지) 한동안 지혈을 해야 해 (피는 절대 피를 부르
지 못하네)

　해 지는 풍경으로 상처 받지 않으리*

　노래가 모두 끝나도 세상이 바뀌지 않으면 장미를
심어야 한다

　꽃밭에 내리는 비는 땅에 스미지 않는다

　은유가 빠져나간 자리, 조금씩 물이 차오른다

* 박혜정, 「떠남이 아름다운 사람들이여」

시청과 광화문 사이에서 우연히 일어날 장면, 또는 사건 몇 가지

하늘을 가르고 광장에 꽃이 핀다 거기 풀빛으로 머리카락을 염색한 사람들 꽃잎은 분분하고 시선은 난반사 구름을 만든 사람들 광장 귀퉁이에 서 있다 그들 모두 손으로 하늘을 가린다 스피커의 울림이 손을 흔든다

환풍기가 고장 난 지하보도 곰팡이가 벽을 들뜨게 한다 그곳을 통과하는 사람들은 흥분한다 마음을 잡는 것은 아무것도 없다 바닥에 떨어진 가방이 입을 벌려 소리친다 조명이 흔들린다 발걸음 뒤집힌다

점멸하는 신호등 사이로 총알택시가 내달린다 점멸의 간격은 일정하다 택시 요금은 불규칙하다 둘 사이의 관련성을 연구하는 정부 산하 연구소의 요원이 대거 투입된다 바람이 불면 계산은 복잡해진다 예산이 증액된다

오래된 시인들이 어머니와 누이를 모두 데려간다

그들의 시는 유리 벽에 인쇄되어 있다 해변으로 가는
길이 마침표 대신 찍혀 있다 누이는 바닷물에 몸을
적시고 어머니는 모래찜질을 한다

천막을 찢고 지난 세기의 인물들이 나타난다 달이
뜨고 그 위를 줄지어 걷는다 그들은 모두 모자를 쓰
고 있다 걸음은 가볍다 달을 빙 둘러선 인물들이 회
고록으로 끝말잇기를 한다 끝말을 잇지 못한 인물들
이 한 명씩 빠져나가자 달이 조금씩 찌그러진다

성스러운 가족의 인터뷰를 준비한다 노트북 컴퓨터
의 자판이 미온적이든 적극적이든 상관없다 주어진
질문에 답변은 맹목적이이야 한다 길목을 돌면 꺼진
촛불을 들고 인디뷰할 사람들이 나다날 깃이다 그렇
게 약속되어 있다

녹슨 철망을 흔들자 분수가 솟는다 분수가 꺼지자
철망이 벗겨진다 철망을 다시 흔들자 분수가 다시 솟

는다 반복되는 시간이 지겨워 작곡가는 음악을 만든
다 아이들이 그 곡에 맞춰 철망을 넘는다 분수 끝을
타고 오른다

　　시인은 이곳에서도 무정부주의자 주민세 고지서에
정부 전복 계획이 기록되어 있다는 소문이 떠도는 거
리 지령은 확인 불가 암호해독은 필수 사항 지난 시
절의 난수표는 무용지물 이 모든 상황을 기록한 것이
시집이다 그렇게들 알고 있다

아래의 문장을 읽고 거꾸로 다시 읽으시오
거꾸로 읽을 때에는 소문자를 대문자로 바꿔
읽으시오 그래도 이미지가 떠오르지 않으면
무작위로 또 읽으시오 소리 내어 읽을 때에
는 다른 사람에게 방해가 되도록 읽으시오

텔레비전 속 a가 울고 있다

분장실 거울 앞, 비스듬히 의자에 앉은 b는 아랫도
리를 벗은 채 젖은 머리를 감싸 쥔다

액자 속의 어린 c는 여전히 의젓하다

철자가 틀린 문신을 이마에 새긴 d의 앙다문 입이
천천히 열린다

나무 십자가의 한쪽을 분질러 내고 e가 빌거벗고
매달린다

상처에 솟은 피를 채 씻지도 않은 채 성당으로 걸
어 들어간 f는 성호를 긋고 꿇어앉아 천장만 쳐다본다

g가 앉았다 일어난 의자에 지방 덩어리가 딱딱하게
굳어 있다 그의 것인지 의자의 것인지 알 수 없다

파란 대문 뒤에서 h가 페인트칠을 한다

오솔길에 놓인 흰색 벤치에 i가 앉아 있다

오븐에서 갓 구워낸 빵을 j가 집어 먹으려 한다

오른손 검지 끝에 오른 k는 너무 작아서 오히려 잘
보인다

검은색 페인트가 칠해진 방, 스물다섯 개의 흰색
보면대에 l이 각각 다른 모습으로 걸쳐 있다

벌거벗은 m이 왼손으로 턱을 괴고 하품을 한다

검은 양복을 입은 n은 체스를 두다 말고 벌떡, 일
어난다

동물원 우리 속에서 잠자는 o는 몇 시간 전까지만
해도 원룸에서 토스트를 굽고 있었다

p는 머리를 숙이고 바이올린을 연주한다

광고판에 낙서를 하는 q는 잘나가는 정치인의 후원
자다

r의 수염은 유성 펜으로 그려 넣은 것이다 원래 r의
수염은 볼품이 없었다

병 속에서 s는 담배를 피운다 그러나 연기는 피어
오르지 않는다

열두 개의 접시에 원두를 담고 있는 t는 산지별 분류

를 하지 않은 것을 다섯번째 접시에서야 알아차린다

닭장 속의 암탉이 아무리 울어도 u는 오지 않는다

파란색 체크무늬가 칠해진 선반 위의 v가 웃고 있다

전기 코드가 빠진 냉장고 문은 활짝 열려 있고 냉
장실 야채 칸에 w만 덩그러니 놓여 있다

메뉴를 받아 든 x, 한참을 들여다보다가 에스프레
소 한 잔을 주문한다

주상복합건물의 호출 버튼을 누르고 y를 뽑아낸다

변기에 가득 찬 z는 검은색이다

옷깃만 스쳐도 인연이라 했는데 자판
하나 어긋난 시는 뭐라 해야 하나?
—스캣의 탄생 1

아고시사 렷셔뤄 사ㅛㅎㅣ 깨레응
낳러죠리 소리 조애 그히루히가

렬졍릐 랴쇼ㅏ 딩갛해쑾
라흔까가 사ㅛㅎㅣ 싫레 쭈히로히가

사ㅛㅣ 응 셯른셯른 오링 스 쑾릏
ㅛㅏ 쭈외 드혀좛ㅈ소 사시로죠ㄴㅛㅓ

아고시시 렷셔뤄 사ㅛㅎㅣ 깨레응
둣러고 라이 웅늫 ㄴ늫히로히가

평론가의 춘곤증에 관한 질의응답
── 스캣의 탄생 2

Q

내가 생각하는 것은 도대체 무슨 생각인지
생각하는 당신은 지금
집 안에 있다
행복한가요
너무 식어버린 커피를 마시는 당신
쏟아버린 커피로 바닥에 글을 쓰는 당신

```
~ ! @ # $ % ^ & * ( ) _ +
q w e r t Y u i o PP [ ] \
 A s d f g H j k l ; '
 z x c v b n m , . /
```

A

천년만년 살고지고
새끼손가락을 살짝 누르면 세상은 올라가고

반작용의 삶은 행복하고

들어 올린 텍스트는 투명 상자 속에 넣어놓고

처럼처럼
— 스캣의 탄생 3

그녀는 수평선을 허리에 두르고 마치 사실인 듯
피처럼 붉은 물을 뚝뚝 흘리며
온몸에 전구 같은 심장을 수없이 달고
박동 소리로 말한다
마치 기계처럼, 쇳소리 같은, 소리를 내며 냉정한
여자인 듯,

처럼에게 끝까지 다가가려는 처럼처럼
그러나 처럼이 되지 못하는 처럼처럼
같은에 한 발 물러선 같은 같은
그래도 같은이 되지 못하는 같은 같은
인 듯은 인 듯에 붙어서 인 듯인 듯
어쩌면 인 듯인 듯이 아닌 듯

처럼도 아닌 것처럼
같은도 아닌 것 같은
인 듯도 아닌 듯인 듯

그녀는 수평선을 허리에 두르고
붉은 물을 뚝뚝 흘린다
온몸에 반짝이는 심장을 달고
심장박동으로 말한다 냉정하게

사랑은 모두에게 같다는 것은 결코 오
역이 아니다 단지 아무도 말하지 않을 뿐
— 스캣의 탄생 4

가계부와 계산기가 테니스 시합 중이다 가계부의
리시브 범실은 아무것도 아니다, 사랑이니까 *Love
Fifteen!*

계산기의 서브 에이스는 가계부에게는 아무것도 아
니다, 사랑이니까 *Love Thirty!*

가계부의 네트 플레이는 성공하지 못한다 하지만
아무것도 아니다, 사랑이니까 *Love Forty!*

사랑은 아무것도 아니다 외쳐도, 테니스는 게임일
뿐 *Game over!*

모두를 사랑하므로 경기는 다시 원점으로 *Love All!*

가계부의 배려로 경기는 계속된다 *Service game!*

서정적인 싱커페이션
— 스캣의 탄생 5

한 아이가 보았네
들에 핀 장미화
이미 장미가 피어난 뒤

새는 하늘을 만들지 못하고
고통은 몸을 만들지 못하고
발걸음은 길을 만들지 못한다

— 들에 핀 장미화

파도는 해변을 만들지 못하고
고래는 바다의 깊이를 만들지 못하고
바닷물은 해와 달을 물들이지 못한다

— 실 위에 찍힌 발사국

기다림은 추억을 만들지 못하고
이별은 기다림을 서둘러 지운다

세상은 어긋남으로 겨우 세상이다

― 바람을 삼키는 선풍기 날개

　　오래전 아주 오래전
　잠깐 빌려 온 꽃, 나무, 별, 하늘
아무것도 아닌 시간과 시간 사이를 메운다

　　들에 핀 장
　미화, 길 위에 찍힌 발
　자국, 바람을 삼키는 선
　풍기 날개는 아름
답다

발화
— 스캣의 탄생 6

꽃이 피었네
말하는 순간 줄기와 뿌리가 화를 낸다
나비는 양 날개를 부딪치며
챙챙, 쇳소리를 낸다
줄기와 뿌리에 불이 붙는다
말없이, 꽃을 본다
침묵의 소리
아무것도 보이지 않는 풍경

말하지 않을 때 꽃이 피고
말할 때 꽃이 진다
꽃과 말은 어긋나고
어디선가 다시 날개 부딪는 소리

아무것도 보이지 않는다
누군가 말한다
꽃이 피었다, 핀다, 피리라,
낡은 시집 속에 수북이 쌓여 있는

지금은 꽃을 피워야 할 계절
다시 침묵의 소리
아무리 화가 나도
말하지 않는
꽃 피는 소리만 요란한

변기와 선풍기 사이
—스캣의 탄생 7

변기에 앉아 있는 동안
선풍기는 욕실 문 앞에 있다
회전과 정지 사이
정지와 바람 사이
연속과 180분 사이
사이와 사이의 조합으로
선풍기는 변기에 앉은 나를 훑는다
가끔 비껴가는 것도 사이의 사이
내 발목이 저지르는 우연성
플러그 인과 플러그 아웃 사이
선풍기와 바람 사이 나를 핥는다

집은 밑이 없다
신풍기와 변기 사이에 집은 놓여 있고
변기에서 일어서면
곧 선풍기가 될 것만 같은 사이
여전히 조용한 사이
변기와 선풍기 사이만 있는 집

나는 선풍기가 되어 변기에 앉은 나를 보고
선풍기가 된 나를
변기에 앉아서 바라보는 사이
말도 없이 사이는
선풍기와 변기 사이에서
나를 변기와 선풍기로 만들고
그래도 사이가 되지 못하는 나는
변기가 되었다가 선풍기가 된다
부지런히 사이를 지나
선풍기인 나를 나인 변기가
변기인 나를 나인 선풍기가
바라보는 사이
사이가 없으면 아무것도 아닌 사이
결코 사이가 되지 못하는 나는

돌연변이
—— 스캣의 탄생 8

애다으 디앙닫다 안 앙닾 지아아 야
아 닫당알 다르닫르 안댜양앙 아앙
다 앙다아양앙 아아닫아다아은다아
앙당아르당 아아댜 아으다 알다 아
드 당 아을달아 아으 다다 아을자아
안아당 아즈아야 아 양쟈 아을 알양
야 앙랑양 아앙애 앙앵양애 찿다 야
앟 챠자지랴 찿방 야다앙 앙하아 아
느 자 당아아자아아 다인 야앙지 다
아아 당아다아아 일아야 닫절알 날
다린 야다 야다 아 야아 앙아 마맘댜
나미다앙 마아아다 아아디항 아항리
쟌 아할 다당아잏라 야양바빕냐만
차아 야다다닫 아미 아앙 상 다보아
방왜아 암합아 아빌하 달일릭파 지
안 캎다 야파안 다앙 야파안 다앙 야
파알 다앙 마아암 마아암 마아암 마
아암 사랑해

이상한상이
— 스캣의 탄생 9

다본라바미러끄물를나은인시의속울거
이없도임직움히용조도무너

다진만를귀은인시속울거
다진만을불귓로으손양

다민내을손른오이인시속울거
서어싶고잡게하뜻따을손의그신대수악다민내을손윈는나

다춘멈을임직움듯말듯을닿에면표울거칫멈은인시의속울거
다진서부이울거자대을손에울거고려으잡을손의그

다한각생이똘골고리푸찌을간미양
다있서만나에앞울거진깨고지라사이없데간데온은인시속울거
아않지르오떠이굴얼의인시진라사는나

고없은굴얼은인시의속울거
국자맨꿰에배과슴가섯여가리다개네이팔
다있떠만기진청는에리자던있가리머의인시속울거

거울이 있던 자리
—— 스캣의 탄생 10

Revolution

평일 오후 6시경 지하철 5호선 방화역 방향으로 진행하는 254호 전동차 5-3 출입문과 5-4 출입문 사이의 오른쪽 좌석에 앉은 일곱 승객을 바라보는 왼쪽 좌석 5-3 출입구 쪽에서 5-4번 출입구 쪽으로 두번째 앉은 사내의 시선을 막은 5-3 출입문 옆 첫번째 자리 앞에 서 있는 승객이 펼쳐든 타블로이드 판 무료 신문 1면에 돌출 광고를 달고 굵은 활자로 인쇄된 유명 연예인의 연애 기사가 그 승객의 손에 잡혀 전동차의 진동에 따라 가끔 흔들려도 여전히 왼쪽 5-3 출입구 쪽에서 5-4 출입구 쪽 두번째 사내의 시선은 오른쪽 5-3 출입구 옆 첫번째 좌석 앞에 서 있는 승객에 가로막혀 오른쪽 5-3 출입문 바로 옆 좌석 첫번째에 앉은 사람의 얼굴을 바로 볼 수 없고 그 앞에 서 있는 승객의 다리 사이로 보이는 오른쪽 5-3 출입문 옆에 앉은 첫번째 승객의 다리의 미세한 떨림이 전동차의 흔들림 때문인지 오른쪽 5-3 출입문 옆 첫번째 좌석 앞에 서 있는 사람에게 가려진 사람의 버릇 때문인지 왼쪽 5-3 출입문 옆 두번째 승객은 알지

못하고 또 알려고 하지도 않으면서 계속 떨리는 다리
를 그 앞에 서 있는 승객의 다리 사이로 계속 바라보
고 있고 전동차는 어느새 마포역을 지나 여의나루역
으로 가는데 오른쪽 5-3 출입문 옆 첫번째 자리에 앉
아 있는 승객 앞에 서 있는 무료 타블로이드 신문을
펼쳐 든 승객이 다음 역은 왼쪽 출입문이 열린다는
안내방송을 들었는지 원래부터 알고 있었는지 느닷
없이 왼쪽 5-3 출입문 쪽으로 몸을 돌리는 바람에 왼
쪽 5-3 출입문 옆 두번째에 앉아 있는 사내의 시선은
급격히 흔들려 우연인지 필연인지 오른쪽 5-3 출입
문 옆 첫번째 승객의 떨리는 다리와 흔들림이 일치하
게 됨으로써 시선의 흔들림을 일순 감각하지 못하고
느닷없이 나타난 오른쪽 5-3 출입문 옆 첫번째에 앉
은 승객의 얼굴을 보게 됨으로써 다시 흔들림을 느끼
게 되는데 그동안 가려졌던 오른쪽 5-3 출입문 옆 첫
번째에 앉은 승객이 첫눈에 반할 정도로 아름다운 여
자여서 그랬는지 시선이 흔들려 그랬는지 다리가 떨
려 그랬는지 전동차의 흔들림 때문에 그랬는지 아니

면 모든 것은 흔들린다는 흔들리지 않는 생각 때문에
그랬는지,

노래

사내는 표시등이 바랜 노란 택시를 타고 떠난다 웃
으며 키스했으나 난 눈을 조금 감았을 뿐이다 가볍게
손을 흔들고 그는 차창을 올린다 돌아오지 않아 우두
커니 서 있는 내게 고양이는 말한다 담배를 문다 그
의 향기가 난다 고양이는 담뱃불을 붙여주고 낡은 원
룸 빌딩 옥상에 오른다 건물 벽의 철제 계단이 흔들
린다 녹이 부스스 떨어진다 고양이는 털을 세워 내게
경고한다 산화철 알레르기는 치명적이야 담뱃재가 툭
발등에 떨어진다 그제야 신을 신지 않은 발이 보인다
상투처럼 비가 내린다 발밑은 어느새 낭떠러지 거리
에 우산들이 떠오른다 네온사인이 터진다 불꽃이 쏟
아진다 고향으로 갈 수 없어 아무도 이제 노래하지
않아 고양이는 열쇠를 건네주고 다시 높은 F까지 부
드럽게 올라간다 꿈속에 그러라 어디선가 들려오는
노랫소리, 아무도 따라 부르는 사람이 없다 산은 높
았고 존은 추락했다

서커스 가족

사내는 마술사, 언제나 배경은 칠흑, 마술사는 아
내를 앞에 두고 새 마술을 연습한다 큰 두 손을 펼쳐
얼굴을 가리고 주문을 왼다 기합 소리와 함께 손을
떼자 그의 머리가 사라지고 새장이 거기에 붙어 있다
그녀는 박수를 친다 사내가 새장 문을 열자 비둘기들
이 하나, 둘, 셋, 넷, 날아오른다 그녀는 박수를 친다
사내는 큰 두 손으로 새장을 가린다 손가락 사이로
비둘기들이 빠져나간다 깃털 하나가 바닥에 떨어진다
불이 붙는다 그녀는 박수를 친다 다시 힘찬 기합 소
리와 함께 가린 손을 치운다 새장은 선풍기로 바뀌어
있다 그녀는 박수를 친다 선풍기 날개가 돌아간다 사
내는 인사를 한다 불붙은 깃털이 비둘기가 되어 날아
간다 그녀는 박수를 친다 사내는 큰 두 손으로 선풍
기를 가린다 바람이 손가락 사이를 뚫고 나와 그녀의
머리카락을 날린다 그녀는 박수를 친다 사내는 힘찬
기합 소리와 함께 가린 손을 치운다 선풍기는 화분이
되어 있다 그녀는 박수를 친다 화분에 물을 주고 사
내는 다시 큰 두 손으로 화분을 가린다 방울토마토

줄기가 손가락 사이를 뚫고 나와 그녀의 얼굴을 간질
인다 그녀는 깔깔거리며 박수를 친다 사내는 다시 힘
찬 기합 소리와 함께 두 손을 치운다 화분은 토스터
로 바뀌어 있다 그녀는 박수를 친다 사내는 식빵을
토스터에 넣고 큰 두 손으로 가린다 손가락 사이로
노릇하게 익은 토스트가 튕겨져 나온다 그녀는 토스
트를 입에 물고 박수를 친다 사내는 다시 한 번 기합
을 넣고 큰 두 손을 치운다 토스터가 사라지고 사내
의 머리가 돌아와 있다 그녀는 박수를 친다 그녀의
손을 바라보는 사내 이때 칠흑 속을 헤집고 아이들이
나타난다 새장 머리 선풍기 머리 화분 머리 토스터
머리 아이들 사내의 마술 연습은 계속된다 아이들이
고사리손으로 제 머리를 가린다 사내가 박수를 친다
아이들의 기합 소리와 함께 네 쌍의 고사리손이 치워
진다 커다란 눈이 생겨 있다 눈망울에 가득 찬 검은
눈동자 네 개의 눈이 나를 본다 아이들의 눈이 자란
다 그녀는 박수를 친다 사내는 인사를 한다 내 두 손
이 내 머리를 가린다

오후 3시, 벽의 발라드

천장은 참 꼿꼿하게 서 있어요
마주 보는 바닥과 말 좀 해봐요
깔끔하게 누운
식탁의 컵은 물 한 방울 흘리지 않네요
체중계의 눈금은 미동도 없이
0을 가리키네요
흔들리는 건 이제 그만
내 옆에 누운 거울을 들여다봐요
아버지는 치매였어요
그가 가는 곳은 모두 길이었죠
모든 벽을 문으로 만들고 무게도 없이 사라졌죠
벽을 부순다고 세상은 바뀌지 않아요
노래만 계속 반복될 뿐이죠
내 앞에 새로운 것은 아무것도 없어요
사람들은 누워서도 바닥을 잘 오르네요
내게로 달려들 것 같아요
사람들 몸에 서랍이 달렸어요
그 속에 무엇을 감추고 있는지 궁금해요

나를 등지고 바닥 위를 걸어가던 사람들
주르륵 서랍을 흘려요
서랍 속에는 아무것도 없어요
그냥 몸에 붙어 있게 내버려둬요
세상은 모두 누웠어요
서랍을 흘리는 사람들만 바삐 오갈 뿐예요
주사위를 굴려 나를 일으켜줘요
방을 접어 내게 줘요
나른한 오후
서랍을 열어요

서울의 사계, 내비게이션 사용설명서

강북 강변도로 난지도에서 천호대교 방면으로 진행
하다
천호대교를 건너 88올림픽도로를 따라 김포공항
방면으로 달리다
행주대교를 건너다

**모의 주행을 진행하되, 시작하는 곳은 어디여도 무
방하나**

진행하는 동안 죽 한강의 수면만을 내려다볼 것,
절대 강변에 늘어선 아파트는 쳐다보지 말 것, 교통
표지판과 갓길의 가드레일 한강의 다리 기둥이 강물
을 가릴 때는 잔상으로 이어서 흐름을 끊지 말 것, 간
혹 철새나 갈매기가 날더라도 비행을 쫓지 말 것, 구
름이 빌딩 사이로 언뜻언뜻 꽂히더라도 놀라지 말 것,
어두워져도 눈을 감지 말 것, 교통 체증으로 갑갑해
도 앞차의 번호판을 읽지 말 것, 앰뷸런스 사이렌 소
리 요란해도 뒤돌아보지 말 것, 출발점에 도착할 때

까지 기지개를 켜지 말 것, 교통방송은 청취하지 말
것, 어제의 교통사고는 믿지 말 것,

**이상의 매뉴얼대로 진행해도 계절을 감각할 수 없
다면**

출발점을 옮겨볼 것, 지구온난화 따위를 탓하지 말
것, 강물을 놓친 순간이 있었는지 곰곰이 생각해볼
것, 자신의 눈만을 의심할 것,

**끊어진 봄 여름 가을 겨울을 이어 붙여 진행 상황을
등록하려면**

반복되지 않는 것은 엎어 쓰지 말 것, 시작과 끝은
지워버릴 것, 수시로 충전할 것,

해변의 연인

깊은 밤 고속도로, 길은 핸들의 움직임을 따라 죽
죽 펴진다 헤드라이트 불빛이 펴진 길을 훑는다 남자
는 핸들에 손을 올리고 앞만 바라본다 여자는 조수석
에 앉아 잠들어 있다 핸들을 쥔 남자의 손에 힘이 들
어간다 속도 계기판의 바늘이 숫자를 타고 오른다 사
위는 여전히 칠흑, 핸들은 미세한 흔들림도 없이 굳
어간다 남자는 핸들을 놓는다 안전띠를 푼다 차문을
연다 여자의 안전띠를 푼다 조수석의 문을 연다 천천
히 양쪽 차 문이 열린다 유영하듯 남자와 여자는 차
밖으로 서서히 밀려난다 남자는 여전히 운전하는 자
세, 여자는 둥글게 몸을 말고 아직도 잔다 어둠이 남
자와 여자를 삼킨다 남자는 어둠 속을 구른다 여자는
곧게 펴진 길 위를 구른다 남자의 몸이 어두워진다
여자의 몸이 튀어 오른다

해변의 아침
자동차는 썰물이 쓸고 간 모래 위
깊은 바퀴 자국을 남기고 서 있다

운전석 문은 열려 있고 남자는 거기에

없다

조수석 문은 잠겨 있고 여자는 거기에
똬리를 틀고 아직도

잔다

아침 해가 불쑥 솟는다
자동차에 불이 붙는다 화락,

탄다

몰라

내일 아침 내 몸에 자궁이 생길지 몰라
정갈했던 불임의 시간은 끝나고
온갖 잡동사니를 낳을지 몰라
나무 마루 사이에 낀 먼지
낡은 진공청소기의 모터 소리
꾸역꾸역 밀려드는 아침 해를 커튼 뒤에 숨기고
새집증후군을 낳을지 몰라
침실 창 로만셰이드의 미세한 기울기
분갈이한 화초의 말라가는 잎끝
음식물 봉투의 뚫린 구멍에서 떨어지는
김칫국물을 낳을지 몰라
설거지 뒤 밥그릇에 붙은 마른 밥풀을 낳을지 몰라
아홉 시 뉴스 전 눈꺼풀에 들러붙은 초저녁잠을 낳
을지 몰라
소파에 누워버린 푸짐한 하루를 낳을지 몰라

자궁 속 뒤섞인 잡동사니들에 갇힌
달거리도 없는 한 달을 낳을지 몰라

배가 점점 불러 올라 구급차 사이렌 소리를 낳을지
몰라
의사는 배를 가르고 잡동사니를 꺼낼지 몰라
재발되지 않도록 자궁을 들어낼지 몰라
자궁 속 자궁 없는 여자아이를 낳을지 몰라

여자아이는 하루에 15초씩 늦는 시계를 갖고 싶어
밤낮없이 훌쩍일지도 몰라
눈물에 싸인 채 온몸이 퉁퉁 불은 아이
구질구질한 시 한 줄 흘릴지 몰라
그 시간이 불임의 시간보다 나을지 몰라
훌쩍훌쩍 시계가 된 아이
어쩌면 그럴지 몰라

커피 칸타타

밤의 사이렌 소리는 왜 그리도 장엄한지 진한 잠에서 깨어나고 말았습니다. 넘친 꿈이 어느새 벽을 타고 흘러내려 바닥에 고였습니다 사이렌 소리는 사라지지 않고 귓속에서 농도를 더해갑니다 한밤중 샤워 물줄기로도 지울 수 없는 소리에 4B 연필로 여러 번 별표를 쳐두었습니다 지금 당장 쓸 수 없어도 언젠가는 공용어가 될 새로운 문자를 만들자 시간이 멈추었습니다

달려라 스탠드
아무도 따라잡을 수 없는 스탠드
가만히 있어도 눈앞에서 사라지고
마구 달려도 그대로 서 있는 스탠드
스탠드 불빛에 별표가 반짝인다

태엽을 감으면 언제든 노래하는 선풍기
너무 비싼 자신의 몸값을 저주하며
노래방으로 들어간다

쓰레기통 속에서 잠자던 파우치들
하나둘 인사를 하며 커튼콜에 답한다
무대 조명이 서서히 꺼진다

사전을 펼치고 말을 배우던 기념비들
모두 건물 로비로 내려간 뒤
풍선은 바람 빠질 날을 기다리며 부풀어 오른다

벽에 부딪혀 소리를 내는 탬버린
오늘은 오체투지도 경쾌한 리듬
우리 집 강아지 해피의 날

벽걸이 TV를 구입해달라고
공장에서 낮잠 자던 이어폰이 전화를 걸어왔다
컨베이어 벨트의 사십구재에 참석해달라는
장례 위원회의 요청을
정중히 거절하는 중이었다

검거나 희거나 카페
낡은 메뉴에 뚝뚝 떨어지는 글씨
바람은 여전하고
손님들은 주문하려 애쓰지만
새로 만든 문자는 너무 어려워
모두 커피를 노래한다

아직 향은 남아 있고
나무는 자라고 숲은 움직인다
설탕을 많이 넣은 커피는
젓지 말고 마셔야 한다

3

다초점 렌즈

사과를 깎는다
사과의 속은 어둡다
가만히 들여다보니 사과 속은 바다
색을 잃지 않은 물결이 출렁거리다 사라진다
사과의 속이 텅 빈다
죽은 아버지가 느닷없이 튀어나온다
빛을 막지 마라 햇살을 입고 싶다
아버지가 옷을 벗는다
햇살을 입은 아버지는 온데간데없다
아버지 자리에
오래된 시집 한 권이 보인다
시집을 펼쳤으나 죽은 시인들은 거기에 없었다
나의 편협한 시선에 대해 부덜거릴 때 비가 왔다
활자들은 약속을 파기하고 무서져 내린다
빛바랜 테두리를 성벽 삼아
글자들은 한결 여유롭다

아버지 어디 있나요 얘야 그만 눈을 감으렴 난 햇

살에 섞여 이미 네 몸에 닿아 있단다 아버지 간지러워
요 남들이 본다고요 애야 너만 꿈틀거리지 않으면 콩
나무는 자라지 않는단다 아버지 손을 잡아줘요 애야
나를 잡을 수는 없단다 햇살이 사라져야 나를 만질 수
있단다 아버지 그만 절 놓아주세요 난 햇살에 잡히고
싶지 않아요 조금만 기다려다오 곧 달이 해를 가리고
내 등에 검은 문신을 새겨 넣을 테니 아버지 참을 수
없어요 몸이 서서히 녹아내려요 그렇구나 네 발과 손
을 햇살이 감는구나 아버지 검은 문신을 보고 싶어요
세상은 왜 이리 밝아요 아무것도 보이지 않아요

눈을 깜박였을 뿐인데 성벽이 무너져 내린다
오늘 또 한 사람이 죽는다
내 탓인데, 내 탓이 아니다
사과는 내 키보다 훌쩍 커버렸다
사과에 몸을 대자 껍질이 녹아내린다
몸의 실루엣대로 뚫린 사과
속은 여전히 텅 비어 있다

어떤 향기도 남기지 못하고
사과는 모두 녹아내린다
햇살이 출렁인다

테셀레이션

늦은 밤 엘리베이터 안
비밀번호를 입력하고 탑승한
달빛이 속삭인다
아무거나 눌러도 거울의 방이야

버튼을 누르자 좌우의 거울이
양어깨로 바짝 다가온다
왼쪽 거울 속 내게
왼손을 내밀자 오른쪽 거울 속
내가 손을 내민다
그 손을 잡으려고 오른손을 내밀자
왼쪽 거울 속 내가 오른손을 내민다

모든 버튼에 불이 들어온다
문이 열리자 거울의 방이다
앞 거울에 내 뒷모습이 있다
손을 내밀어 머리를 만지려는데
누군가 내 뒤통수를 툭, 친다

툭, 툭, 툭, 툭,

거울의 방은 흡음이 되지 않아
따라 들어온 달이 속삭인다
툭, 않아, 툭, 않아, 툭, 않아, 툭, 않아,
소리와 소리 사이에 슬그머니 손이 끼어든다
머리도 끼어든다
좌우 거울 속 내가 나를 바라본다

거울이 접힌다 방이 접힌다
달이 접힌다
조금씩 몸이 접힌다

문명론

아틀란티스로 가는 길섶에는 멸종, 사라진 것들이
하나둘 나타나 문명을 디자인한다 그 길 아래 시간
밖의 문명, 잃어버린 문명이 있고 그 아랫길에는 문
명화 과정이 펼쳐지고 문명은 수수께끼로 풀린다

아이가 야생의 사고를 피해 바닥에 앉아 다빈치 코
드의 비밀을 찾는다 여자는 뒤바뀐 인간의 역사를 순
서대로 정리한다 남자는 마음의 기원을 열고 계산을
하러 간다 사생활의 역사와 지중해의 역사는 서로 섞
이고 그는 길을 바꿔 이집트로 가는 길로 접어든다

파라오, 제국의 파노라마는 아이의 등에 눌려 아직
눈앞에 펼쳐지지 않는다 투탕카멘의 문을 열고 속으
로 들어간다 아이는 따라가지 못하고 천국의 열쇠를
찾아 실크로드로 간다

신기루조차 보이지 않는 사막에는
모래시계만 돈다

길게 늘어선 낙타들
검색대의 엑스레이 화면 속
열쇠 꾸러미가 선명하다
경보음이 울린다
한 떼의 낙타가 모래언덕 사이로 사라진다
별 하나 언덕 사이로 떨어진다
별빛을 맞은 낙타 털썩, 쓰러진다
사막의 바람이 어둡고 차다
무료 주차 시간이 훌쩍 지나버렸다

식물원

침대에는 분재된 나무들이 자라고 있었다
인터폰을 눌러 나무 심는 사람을 불렀다
수맥은 정상이거나 가끔은 불규칙
무표정한 남자는
링거 바늘을 나무에 꽂았다
표지판에 적힌 대로
나무의 이름을 불러보았다
대답은 규칙적이었다
녹색 하트 표시는 점멸하며 대답을 기록했다
내일은 좀더 아름답게 휘어질 거야
105 65 (74)
신호는 해독되지 않았으나
아무도 알려고 하지 않았다
곧 어둠이 깔리고 문을 닫는다는
안내 방송이 분사되었다
사람들 손에는 입장권이 쥐여 있었고
관람은 계속되었다
야간 개장이 더욱 절실한 날이었다

눈가에 웃음을 달고 흐느적거리는 나무는
침대를 뚫고 자라고 있었다
분재사는 가지를 잘라 분리수거함에 넣었다
나무에 연결된
기계들은 가쁜 숨을 몰아쉬었다
SpO_2가 부족해도 삶은 규칙적이었다
나뭇가지에 수액이 차올라 불어 있는 나무
커튼이 쳐지고 가지에 리본이 달렸다
몇몇 사람들의 입장권이 바닥에 떨어졌다
검게 타오르는 나뭇가지에 눈을 맞추자
수액이 가지 끝에서 흘러내렸다
나무 심는 사람이 천천히
내세로 다가왔다

여행
—사이보그 리포트 1

여행 가방 안
속옷 몇 개
세면도구와 새로 산 슬리퍼
입원 확인서를 넣고
집을 나선다

돌아올 때는
거추장스러운 것 모두
떼어내고
가벼운 몸으로 돌아올 수 있을까

가방이 덜덜 끌려온다

오늘은 아침이 두 번
바다보다 깊은 낮잠
고래 배 속보다 어두운 시간

흘려보내고

가방이 나를 끌고
집으로 돌아간다

나를 반기는 거꾸로 가는 시계

나는 몸이 너무 가벼워
거울을 든다

Lover's Lullaby
—사이보그 리포트 2

아침이 올 때까지 눈 뜨지 말기를
당신의 배를 가르고
오늘 밤 노래를 꺼낸다

붉은 피 뚝뚝 듣는
온몸에는 상처와 칼자국
메스를 든 손이 다가와도
감은 눈은 떠지지 않기를

두 번 깨어나는 아침
사랑하는 사람의 자장가는
잠들면 들리지 않는다

처음 잠은 악몽 속
두번째 잠은 잠조차 잠든 잠
깨어나면 고통으로 시작되는 또 다른 아침
영원히 잠들지 않기를

어렴풋이 들려오는
첫 소절만 반복되는 노래
누구의 자장가인지 아직도 알 수 없는

Foolish Game
—사이보그 리포트 3

당신은 군데군데 얼룩진
가운을 벗어놓고 게임을 시작한다

마취에서 깨어나지 못할
천 명 중 한두 명을 생각하며
내놓을 수 있는 최선의 카드는
봉합되지 않은 칼자국에서 나오거나
감염되어 다시 배 속에 숨겨둔 것
건성으로 밀어 올리는 면도칼에도
거웃은 사라지는데

확실한 건
면도날에 베인 상처에도
죽을 수 있다는 것
관장을 해도 장 속에 남는 숙변처럼
죽을 확률은 도처에 숨어 있다는 것
단지 게임일 뿐
배를 가르고 속을 드러내도

아무도 비명을 지르지 않는다

마지막 나의 베팅은
빈칸에 사인하기
틈 속에 몸 구겨 넣기
칼날 위에 서기
고통 속에 살아가기
죽음 곁에서 고통하기

삶은 흔들리고 고통은 너무도 부드러워
이제 지난 말들을 묻어버려야 한다

6인용 병실
— 사이보그 리포트 4

위를 자른 다섯 명과 위를 자를 한 명의 사내가 저녁을 먹고 있다 위를 잘랐으나 아직 가스가 나오지 않은 사내는 쩝쩝 입맛을 다시고 가스는 나왔으나 아직 물만 먹는 사내는 숟가락으로 물 한 컵을 조금씩 떠먹는다 미음을 먹는 사내는 이 사이로 빠져나가는 미음을 혀로 가둬가며 악관절에 힘을 줘 천천히 씹는다 처음 죽을 먹는 사내는 숟가락 끝에 묻힌 죽을 입에 넣고 스물다섯번째 씹고 있다 식도를 통과하면 돌이킬 수 없으므로 쉽게 넘기지 못한다 어제부터 죽을 먹는 사내는 다른 사내들을 지켜보며 여유롭게 턱을 움직인다 사내의 혀와 어금니가 교차하며 죽을 미음으로 만든다 9시 이후 금식 팻말이 걸린 사내는 재빨리 된밥을 다 먹고 트림을 한다 그의 입은 어느새 위를 자른 사내들의 입 모양을 따라한다 입속에 든 불안은 씹을수록 단단해진다

연두부
— 사이보그 리포트 5

따뜻한 물에 살짝 데친 연두부
김이 몽실몽실 피어나는 연두부
아슬아슬 모양을 유지하는 연두부
파 고명을 얹으면 흔들리는 연두부
맛 간장을 두르면 찰랑대는 연두부
젓가락으로 먹기에는 너무 힘든 연두부
숟가락을 갖다 대면 살짝 기우는 연두부
침이 나오기도 전에 넘어가는 연두부
뒤따르는 침이 목에 걸리는 연두부
씹히지 않아도 꼭꼭 씹어야 하는 연두부
때때로 얹히는 연두부
말랑말랑한 고통이 몸을 흔드는 연두부

유모차
─사이보그 리포트 6

8차선 도로 횡단보도
허리 굽은 노파
낡은 유모차를 붙들고
기우뚱거리며 천천히 건너간다
녹색 신호등이 점멸하는 순간에도
그의 움직임은 여전하다

노파는 시선을 고정한 채
유모차를 밀고 간다
낡은 유모차
아스팔트의 굴곡을 몸에 새기며
노파의 남은 길을 받쳐준다

신호등은 이미 붉은색
아직 건너지 못한 노파 뒤
신호 대기 중이던 차들
지난 길을 지우며 출발한다
그래도 노파는

남은 횡단보도를 천천히 건너간다

유모차 가득한 바구니 사이로
비어져 나온 봄나물
도로의 굴곡대로 흔들린다

그림자놀이
—사이보그 리포트 7

사내는 해를 등지고
그림자를 보고 있다
길게 누운 건물들
쓰러진 채 달리는 버스
사내를 밟고 지나간다
몸 가운데 타이어 자국이 선명한 그림자
벌떡 일어나 사내에게서 발을 뺀다
그림자를 잃은 사내는 보도블록에 붙어버린다
멀어져가는 그림자를 쳐다보는 사내
기울어지는 해를 따라 점점 길어진다

어둠이 사내를 일으킨다
사내의 몸이 서서히 움직인다
길게 늘어진다
불쑥불쑥 솟는다
술집 열린 문으로 몸을 쑥 집어넣어
소주 한 잔과 돼지 껍데기 한 점을 입에 넣고 나온다
골목길을 비집고 들어오는 자동차

헤드라이트 불빛이 사내를 뚫는다
사내의 몸이 허공에 떠오른다
네온사인 불빛에
사내의 몸이 찢긴다
상처에서 빛이 새어 나온다

지하철 플랫폼 늘어선 그림자들
선로를 내려다본다
선로에 늘어진 몸뚱어리들
그림자들을 올려다본다

치매
—사이보그 리포트 8

따뜻한 국수를 먹고 싶다
볼펜 잉크가 마른 순간
쓰다 만 글자를 떠올린다
가늘게 떨리는 국수 가닥을 입안에 넣고
씹지 않고 후루룩

누가 쓴 시인지 기억나지 않는다
시가 무엇인지 기억나지 않는다
기억나지 않는 것이 무엇인지 기억나지 않는다
무엇이 아무것도 아닌지 기억나지 않는다
무엇이 무엇인지 기억나지 않는다

남은 것은 무엇인지 기억할 수 없다
없다는 어떤 건지 알 수 없다

국수가 무엇인지 먹고 싶다
따뜻하다는 어떤 건지 국수는 알 수 없다
먹어도 먹는 건지 기억나지 않는다

먹어도 먹고 싶은 것이 국수인지 기억나지 않는다

무엇을 먹었는지 기억나지 않는다
먹었는지는 무엇인지 기억나지 않는다
먹고 싶은 것이 무엇인지 기억나지 않는다
먹어도 먹고 싶다는
먹은 건지 먹고 싶은 건지
기억나지 않는다

기억나지 않는다는 기억나지 않고
사는 게 무엇인지 살고 싶다

처음 국수를 먹는디

Sword Fish

그날 밤
오른쪽 허벅지에 통점이 몰려 있음을 알았다
이별을 알리고 무심히 돌아선 밤
걷지 못했다 한동안 길가에 우두커니 서서
앰뷸런스가 오기를 기다렸다
선생님 제발, 허벅지에서 고양이를 꺼내주세요
그는 메스로 내 허벅지를 가르고
털이 부스스한 검은 고양이 한 마리를 빼냈다
아프지 않은 적이 없는 몸인데
고양이를 감당할 수 없었다
나 없이 살 수 있겠니
차라리 진통제로 허벅지를 채우지 그래
고양이와 잘 섞이는 진통제는
마약보다 나을지 몰라
포도당 5%의 링거액에 섞인
고양이의 목소리가 혈관 속으로 파고들었다
물고기가 고양이로 진화한 시간은
내게는 너무 짧아

난 이미 고통으로 늙었는지 모른다
오늘 밤은 괜찮을 거야 잠시라도
똑, 똑, 고양이의 말이 천천히 떨어진다
수술 부위에 흐르는 말을 듣지 못한 간호사
무심히 혈압을 재는 동안
의사들은 여전히
박테리아 퍼즐의 빈칸을 채우고 있다
한 사람은 정답을 모두 채운 종이를 오린다
연구소로 전송하기 위해
내 허벅지에 랜 케이블을 연결한다
누가 고양이 목에 방울을 달았는지
딸랑딸랑, 말들이 기록된다
허벅지에 도착한 메일은 모두 빈송된 것뿐이다

Naked Fish

여자는 바텐더에게 위스키를 주문하고
은색 의자에 앉는다
발이 바닥에 닿지 않는다
조금만 몸을 움직여도 돌아가는 의자
바텐더는 술잔을 그녀 앞에 놓는다
목을 넘어간 술은 온몸에 퍼진다
여자의 꼬리지느러미가 발갛게 상기된다
카페의 어두운 벽
구불구불 쓰인 낙서
아메리칸 익스프레스만 사용 가능하므로
먼바다로 나갈 수 없다
여자는 구석 자리에서 잠든다

적당히 불투명한 물속에, 아니다 알맞게 투명한지
도 모르겠다, 물고기 한 마리가 헤엄친다, 아니다 물
이 흐르는지도 모르겠다, 뼈가 앙상히 드러난 몸뚱어
리, 아니다 살이 조금 붙었는지도 모르겠다, 지느러
미가 파르르 떨리고, 아니다 물살이 희미하게 흔들렸

는지 모르겠다, 드러난 뼈 사이의 살이 떨어진다, 아
니다 뼈가 요동쳤는지 모르겠다

　카페의 천장에는 뼈만 앙상한 물고기
　물살을 빗으며 지나간다
　여자의 몸이 타는 냄새가 난다
　출입문으로 오르는 계단
　카페의 문은 반쯤 열려 있다
　하얀 달 어느새
　계단을 굴러 물속으로 텀벙, 빠진다

소실점

남자는
내 귓불에서 귀고리를 빼고
낚싯바늘을 꽂는다
소리로 가득 찬 방이 웅웅 울린다
알아듣지 못했으나 그건 시였는지 모른다
낚싯줄을 감은 타래를 안쪽 주머니에 넣고
남자는
방문을 열고 나간다
문 밖은 넓은 초원
내 왼쪽 귓불이 부드럽게 당겨진다
팽팽하게 긴장하는 낚싯줄
떨리기 시작한다
아득하게 멀어지는 남자의 뒷모습
언덕 너머로 사라진다
귓불에서 피가 배어 나온다 조금씩
낚싯줄을 타고 핏물이 흘러내린다
구름은 그림자를 풀어 초원을 덧칠한다
물방울새 한 마리 날아온다

낚싯줄 위에 앉는다
핏물이 튄다
점점이 떨어지는 붉은 방울
초원 위에 번진다
언덕과 나 사이
선명한 선
나는 투명한 점이 되어간다

Photo Shop

웃음과 함께 멈춰버린 사내의 배경에는 많은 것이 자리 잡았더랬다 선명하지는 않았으나 모래사장 해변 도로 전신주 전선 갈매기 먼 산 따위가 자리 잡았더랬다 배경은 사내와 함께 풍경이었더랬다 서서히 그의 삶에서 배경이 지워졌더랬다 먼 산이 하나둘 지워졌더랬다 하늘이 서서히 빛을 잃었더랬다 갈매기는 어느새 사라졌고 전신주와 전선은 땅속으로 묻혔더랬다 모래는 덤프트럭이 줄줄이 실어갔더랬다 해변 도로가 파도에 휩쓸렸고 밀려간 파도는 다시는 돌아오지 않았더랬다 사내와 함께 다정하게 웃고 있던 여자는 배경보다 천천히 지워졌더랬다 피부색은 탈색되고 양복은 바랬더랬다 사내의 얼굴에는 웃음색만 남았더랬다

검은 옷을 입은 사람들이 사내를 향해 줄지어 선다

차례대로 사내의 배경이 된다

사내의 웃음이 짙어간다

4

견인

복합 상가 지하 1층 커피 전문점
에스프레소 한 잔을 들고
반원으로 이어지는 창가 의자에 앉는다
창밖, 사람들의 움직임은
미세한 가속에도 추월이 거듭되는
쇼트트랙 경기처럼 흐른다
천천히 커피 잔을 들자
그들의 걸음걸이가 느려진다
한 모금 마시는 순간 모두 멈춰버린다
나를 바라보고 있는 사람들
내가 바라보는 사람들
그들의 몸에 내가 새겨진다
서서히 움직이는 사람들
내가 웃으며 나를 떠나간다
나를 노려보며 내가 달아난다
나를 새겨 나르는 수많은 몸뚱어리들

몸뚱어리 1은 극장 속으로 나를 끌고 간다 이 영화

는 전에 본 것인데, 몸뚱어리 1은 낄낄대며 웃고 나
는 하품을 쩍쩍 해댄다 몸뚱어리 2는 책방으로 훌쩍
들어선다 몸뚱어리 2의 걸음은 빠르다 여기저기 서적
코너를 지나 멈춰 선 곳은 외국어 서적 코너 나는 여
행을 가고 싶어, 멀리, 시간이 없으면 가까운 바다라
도, 그러나 몸뚱어리 2는 방송용 영어 교재를 들고
곧바로 계산대로 향한다 여행 서적 코너는 어디죠,
점원은 들은 척도 하지 않고 몸뚱어리 2가 내미는 신
용카드를 받는다 몸뚱어리 3은 팬시 문구점으로 몸뚱
어리 4는 푸드 코트로 몸뚱어리 5, 6, 7 ……

몸뚱어리 ∞가 커피 전문점으로 들어온다
에스프레소 한 잔을 들고 내 옆에 앉는다
내가 나를 본다 나도 나를 본다
몸뚱어리 ∞가 오른손을 내밀어 나의 왼손을 잡는다
몸뚱어리 ∞의 손을 뿌리치고 커피 전문점을 나온다
셀프서비스인데요,
출입구에서 점원인 내가 나를 막아선다

돌아선 내게
커피 잔을 든 몸뚱어리들이 몰려온다

자화상

사내는 움직임이 없다
터널 앞, 그의 차는 미등도 켜지 않은 채 시동이 걸
려 있다
규정 속도를 훨씬 넘어선 차들이
터널 속으로 빨려들며 길을 흔들어도
흔들리지 않는 사내
그의 몸은 폐차장처럼 어지럽다

패트롤 카의 무선통신
잡음 사이를 비집는 목소리
사내의 귀를 당긴다
번쩍, 눈을 뜬다 바퀴가 노면을 긁는 소리
터널 안으로 빠져든다

사고 차량은 운전석이 찌그러진 최신형 자동차
비상등만 심장박동처럼 깜박이며
혼수상태의 시간을 이어간다
사내는 그 시간을 기억한다

부서진 차들이
주차되어 있는 그의 얼굴
남은 공간은 왼쪽 귀와 길게 늘어진 머리카락 사이
그 아래 승합차가 깨진 헤드라이트를 간신히 달고
서 있는 곳

터널 위, 달이 부풀어 오르는 시간
헤드라이트 불빛들이 할퀴는 그의 얼굴
비어 있던 곳은 아직 채워지지 않았다

이 작품은 여전히 미완성이다

개운죽

물만 주면 자란다는 개운죽
투명한 작은 꽃병
색색의 돌을 채우고
개운죽을 꽂는다
창가에 놓아둔 꽃병의 물은
며칠 지나지 않아 마른다
쑥쑥 자라는 개운죽
돌 더미 속 스며든 물을
허공과 나눠 마시다
여름휴가를 견디지 못하고
결국 시들어버린다

두 개의 행운이 시들었군
중얼거리는 순간
내 은유는 너무도 초라해진다
대나무는 사라지고
행운이 성큼 다가온다
문은 없는데

뭔가 활짝 열리는 느낌
느닷없이
주위의 물건들이 달려든다
나를 열고
내 속을 헤집는다
내 안에 숨어 있던 대나무들
쑥쑥 자란다
아, 이건 우후죽순이군 하는 순간
비가 내리고
시들었던 개운죽이 살아난다
내 은유는 마디도 없이
사라진다

흝은 소리의 내력

진양조, 이발소 그림

붉은
노을

어두운
산

흐르는
물

부서지는
하루

중모리, 빈혈

나무 바닥 위 열린 유리창

유리창 안 갈색 식탁

식탁 위에 떨어지는 별똥별

별똥별에 핀 하얀 배꽃

배꽃 사이 뛰어다니는 송아지

송아지 어깨에 펼쳐진 백과사전

백과사전에 납작 엎드린 고양이

고양이 등에 얹힌 수저 한 벌

수저 속 펼쳐진 들판

들판 끝 향수나무 한 그루

향수나무 자르는 톱 한 자루

중중모리, 햄버거 하우스

그 도시의 고갯마루에 있는,

고개를 넘어가는 이들의 몸을 갈아 만든,

할인 쿠폰을 가진 사람들이 길게 줄을 서 있는,

대낮에도 네온사인을 켜는,

환풍기를 빠져나온 육향(肉香)만이 고개를 넘어가는,
고개 너머에 가본 사람은 아직 아무도 없는,
칠천이백서른다섯 명이 먹고
칠천이백서른여섯 명이 죽어도 여전히 맛있는,

자진모리, 불면증

꿈속에서 너무 피곤해 잠을 자는데
그 잠 속에서 또 꿈을 꾸었네
한밤 내내 새벽이 오도록
잠 못 드는 꿈
불을 켰다 껐다 일어났다 앉았다
머릿속에 방목된 양들을 세는데
엄청나게 늘어나는 양들을 감당 못하고
모두 놓아주었네
잠들려고 애를 쓰다가
그만 꿈에서 깨어났네

꿈 밖에서 나는
해가 하늘 꼭대기에 끌려가도록 자고 있었네
너무 오래 잔 것 같아 일어나 보니
아직 창밖은 어둠에 덮여 있었네

냉장고 문을 열자 불빛이 나를 밀치고 나오네
냉장고 속은 백야의 축제 중
저온 숙성된 하루가 내게 춤을 청하네
졸린 눈을 비비며 하루에게 몸을 맡기네
척척 감겨오는 한밤의 태양이 내 발을 밀고 가네
한창 춤을 추는데 내 그림자가 슬그머니 싱싱칸으로 미끄러져 들어가 잠이 드네
가벼워진 나는 계란 껍데기를 신고 척척 스텝을 밟네
깨질 듯이 깨지지 않는 스텝이 아슬아슬해 잠시도 눈을 감을 수 없네
갑자기 냉장고 문이 활짝 열리고 시계 종소리는 새벽을 알리네

난 그림자를 두고 황급히 냉장고 문을 나서네
집으로 가는 길이 너무 멀어 나는 길 위에서 또 잠
들었네
그림자는 여전히 꿈을 꾸고 나는 꿈속에서 그림자
를 찾아 헤매네

휘모리, 만다라

길을 가다 문득, 보도블록 속에 비친 여자를 보았
어 그녀는 밥상을 안고 내게 다가왔어 내 손에는 신
주머니가 들려 있었어 신주머니 속에 낡은 실내화,
그 속에 찌그러진 필통, 필통 속에 모서리가 닳은 지
우개가 있었어 가엾은 지우개는 아무것도 품지 못했
어 여자는 몸이 불어 움직일 수 없었어 보도블록이
깨지려 하자 여자는 둥글게 몸을 말아 보도블록을 채
웠어 밥상 위의 나는 너무 갑갑해 몸을 뒤척였어 필
통 뚜껑이 열리고 지우개와 연필이 쏟아졌어 실내화

는 신주머니 밖으로 튀어나왔어 밥상 다리가 부러지
고 여자는 그만 넘어지고 말았어 여자의 둥근 몸이
보도블록 모서리에 긁혔어 피가 흘렀어 음악 선생님
은 풍금을 연주했어 기억은 야릇하고 추억은 불편해,
모두 입을 모았어

바람의 실루엣
—블루스 1

창이 열려 있다 바람은 불지 않는다
커튼은 흔들린다
그의 손끝에 술잔이 달려 있다
문이 닫힌다
담배 연기가 흩어진다
위스키가 바닥에 쏟아진다
얼음이 조각난다
의자를 들어 유리창에 던진다
그의 하얀 이가 눈앞에 선명하다

눈을 감지 마 당신 눈 속의 나를 찌르고 싶어

풀밭에는 패랭이, 투명한 구름 속 하늘
창살을 두드리는 소리
목이 잘린 꽃은 손안에서 시들어간다
떨어진다
그가 옷을 벗어 내 목에 감는다
깨진 유리잔에 비친 그의 팔뚝

도드라진 핏줄이 푸르게 빛난다
타일에 흐르는 피가 꺾인다
검붉게 물드는 패랭이꽃
바닥에서 부푼다

키스는 강렬하고 슬립은 부드러워

햇살이 마룻바닥을 핥고 지나간다
유리에 남은 그는 지워진다
뒷문을 열면 골목, 비에 젖은 골목
가로등에 비친 실루엣은 두 사람, 곧 한 사람
눈을 떠도 나는 내가 아니다

바라본다
—블루스 2

얼음 배를 타고 떠난 사람들은
아직 돌아오지 않았다
빙하의 계절이 지나고
영원한 현재가 지속되고 있다

바다 너머 얼음 항구
기다리다 지친 남자들
금지된 시간을 거슬러
바다에 뛰어든다

하늘에 떠다니는 얼음 배
추락하는 남자들
얼음 항구에서는 기억조차 머물지 않는다

시간을 묻거든 하늘을 보여줘
때마침 꽃비가 내린다면
가두었던 모든 새의 날개를 부러뜨려야 한다

이제 아무도 해변으로 나오지 않는다
바다 너머의 일은 잊히고
떠다니는 것은 모두 전설이 된다

벗는다
—블루스 3

그녀를 벗는다
블라우스와 브래지어가 팔과 가슴을 벗는다
청바지가 다리를 벗는다
팬티는 엉덩이를 벗는다
커피 잔이 손을 벗고 길이 발을 벗는다
땀냄새와 눈빛을 벗는다
숨결과 비명을 벗는다
유리창의 파편을 벗는다
살점 하나 남기지 않고 모두 벗는다

그녀의 옷은 아무 몸도 걸치지 않았다
벗은 몸을 구겨서 던진다
옷걸이에 걸린다

걸린 몸이 자란다
입을 가르고 손이 비어져 나온다
마디마디 갈라져 뻗는다
그 끝에 새살이 돋고 몸이 맺힌다

주렁주렁 열린다
점점 무거워지는 몸
손이 처진다
하나만 남기고
나머지 손은 자른다
손에 맺힌 몸이 무럭무럭 자란다
새 몸을 따서 입는다
가지만 남은 몸에 물을 준다

옷은 깨진 유리창으로 성큼 나선다
깨진 유리에 옷자락이 찢긴다
옷자락, 붉게 물든다

걸어간다
—블루스 4

그녀가 걸어간다

짧은 다리를 디딜 때 꽃잎이 날린다

긴 다리는 바람을 일으킨다

그녀의 시간은 다섯 시에서 일곱 시

반복되는 25분에서 35분

오전과 오후를 규칙적으로 오간다

경쾌하게 재깍재깍

쉼 없이 걸어간다

어두워도 걸어간다

불을 켜지 말아요 보이는 것을 보는 건 너무 힘들
어요

그녀의 발걸음 밑으로 어둠이 깔린다

벽이 깔리고 집이 깔리고 허공이 깔린다

밤이 깔리고 낮이 깔리고 하루가 깔린다

그녀의 남은 생도 깔린다

어둠은 그대로 내버려둬요 다 볼 수 있는 것도 아
닌데 발걸음을 멈출 수 없잖아요

세상에 없는 그녀의 시간을 밟고
그녀는 지금도 걷는다
세상은 여전히
재깍재깍 흔들흔들

안개도시국제카페*
—블루스 5

당신을 처음 만난 곳
우리는 젊었고
바람 불고 낙엽 지고 커피는 이미 식었고
세상을 표절한 그곳에서
나는 퍼즐을 맞추고 있죠

어제 당신은 폐간된 잡지를 모아서
퍼즐을 만들었죠
은유도 상징도 리얼리티도 진정성도 내러티브도
모두 잘려나간 퍼즐

지나버린 시간을 짜 맞추는
정성스런 손놀림이군
코로나 맥주를 다섯 병째 마시던
서정시인은 중얼거렸죠
인생은 하나 남은 퍼즐 조각을 찾는 손놀림이야
서정시인은 탁자에 코를 박고 잠들었어요

폐간된 잡지마다 이야기를 꺼내고
퍼즐을 맞추듯 플롯을 짜야지
아직 취하지 않은 소설가는 시계를 맞출 생각도
않고
돌아앉았어요

당신은 퍼즐 조각을 하나하나
정성스럽게 다듬었지만
모든 게 잘려나가 아무도 맞출 수 없는
억지로 맞추면 재미만 남는 퍼즐

* ‘Fog City International Cafe’, 인천항 근처 옛 일본 조계지에 있는 카페

사랑의 푸가
— 블루스 6

바람이 분다 먼지와 찢긴 나뭇잎들

바람의 길을 보여준다

그림자의 호위를 받으며

바람은 서서히 길을 낸다

길가 계단은 꺾여 떨어진다

비가 내린다 바람의 길이 끊긴다

길은 빗물에 섞여 출렁거린다

바람이 춤을 춘다

빗방울이 흔들린다

냉동고에서 얼어붙은 사랑을 꺼내주세요

상온에서 녹은 사랑은 통주저음으로 흘러내린다

악보에 그릴 수 없는 음들

당신의 몸이 움직일 때마다 쏟아진다

계단을 타고 흐르는 음들을 나뭇잎들이 연주한다

이런 음악은 난생 처음이야

박수 소리 요란했으나
음들을 쏟은 몸은 더 이상 연주할 수 없다
노래 사이 짧은 무음도 견디지 못하는 상처들만
비명을 지른다
여전히 바람 불고 나뭇잎 날린다

계단이 연주하는 음악은 춤추기에 적합지 않아

당신의 몸이 조금씩 흘러내린다

바람의 언덕
—블루스 7

시간이 아무리 쏜살처럼 흘러도
고통은 선명하잖아요
보리밭에 바람이 불고
사내들이 바람보다 낮게 몸을 숙여요
바람에도 칼이 들어
옷을 찢고 살을 후벼요
아픔만큼 중독되기 쉬운 건 없어요

바람이었던 적이 있어요
바람이 바람에게
상처가 상처에게
고통을 주는 시간
그 언덕에 어린 내가 울고 있어요
그 애의 몸에서 피가 새어 나오고
바람은 그 피가 굳지 않도록
부드럽게 핥아주네요
차마 소리가 되지 못한 고통이
바람에 날려가고 시간이 되고

서서히 그 애는 바람이 되네요
앙상한 뼈만
바람보다 더 낮게 누운
보리 사이에서
천천히 일어서네요
언덕이에요
거기에 서서
내가 바람이었던 적을 떠올려요
손금을 따라 바람의 끝자락이 스쳐가네요
시간의 흐름을 따라 번져가네요

호스피스

1

너는 아무 말도 하지 않는다

너의 집은 그곳에 있지 않다

너의 방은 어둡다

너의 학교는 언덕 위에 있다

너의 방 창문은 벽보다 어둡다

너는 욕조를 사용한 때를 기억하지 못한다

너는 옷장을 정리한다

너는 현관문을 나선다

너는 검게 타들어간 손톱을 내려다본다

너는 우두커니 서서 움직이지 않는다

너의 몸이 햇살에 밟힌다

너의 그림자는 조금씩 어둠에 섞인다

너는 아무것도 하지 않는다

2

　허공을 요리하는 사내와 허공을 먹어대는 여자, 그
들의 식사 시간은 언제나 새벽, 얼마나 게걸스럽게
삼켜버렸는지 텅 빈 것조차 사라져버렸다

귀향

그의 가운은 여전했다 좀더 빛바랬을 뿐 주머니에
꽂힌 필기도구는 여전히 그를 끌고 다녔다 모나미 볼
펜 하나가 튀어나와 내 손을 잡았다 덩어리지는 잉크
를 닦아가며 설문지를 채워나갔다 처음이 아니었으므
로 빈칸이 두렵지 않았다 질문도 없었다 그는 잠시 설
문지를 일별하고 예전에 했던 이야기를 들려주었다
난 이미 알고 있었지만 그의 말을 멈추게 하지 않았다
여분의 삶은 구토가 나도록 아름다웠다 잔 몸짓에도
견디지 못하고 아름다움은 쏟아졌다 온몸이 고통이었
으므로 난 아프지 않았다 창밖 포장마차 불빛이 신기
루처럼 흔들렸다 눈 감아도 남아 있는 세상은 결코
현실이 아니다 아까시 꽃향기 어지러운 날에는 어김
없이 이곳이 그리웠다 핏줄을 파고드는 차가운 시간
을 천천히 되짚을 곳이 필요했다 하나, 둘, 셋, 고통
은 조용히 내 옆에서 잠이 들었다

해피 엔/앤드
—태용, 상현에게

감시카메라가 번쩍 빛났으나 가속페달에서 발을 떼지 않았다 두려운 건 출렁이는 검은 길뿐 바다는 길 끝에서 펼쳐졌다 우리는 모두 차에서 내렸다 출입금지 팻말은 없었으나 발걸음은 아주 조심스러웠다 돌아보지 말고 가라, 누군가 속삭였다 운율이 척척 감기는 우스운 말이었는데도 가슴이 울렸다 눈앞에는 오직 바다, 파도조차 숨죽인 바다, 속에서 끓고 있었다 우리는 잠시 모래톱에 멈춰 섰다 멀리 오징어배의 불빛이 눈부셨다 눈앞이 하얘졌다 발걸음을 옮기자 오래된 그림 하나가 떠올랐다 집 떠난 아버지는 이미 나무가 되어 뒷산을 덮고 있었다 옛집 문이 덜컹, 열렸다 누군가 손짓을 하고 있었다 하얀 손만 선명했다 가까이 다가가려 했으나 몸은 점점 가라앉았다 어두웠으나 편안했다 여기는 어딜까, 누군가에게 물으려 했으나 아무도 보이지 않았다 어둠이 서서히 몸속으로 들어왔다 아침이 왔으나 이미 바다였으므로 아무 것도 하지 않았다

시 이후의, 스캣

이 광 호

스캣처럼

　세상의 시인들은 시 이전에 있거나, 시 이후에 있다고 할 수 있다. 시 이전의 시인들은 시가 포착하는 대상에 깊은 관심을 기울일 것이고, 시 이후의 시인들은 시라는 제도적인 문법 이후의 언어에 대해 관심을 가질 것이다. 한 시인이 사신의 시를 '시 이후의 시'로 위치시킨다는 것은, '무엇에 대해 쓰는가'의 문제보다는 '시 쓰기는 무엇인가'라는 문제를 더 깊게 생각한다는 것이다. 그렇게 될 때, 시인은 '시 이후의 시'의 언술이 '제도로서의 시'를 넘어설 수 있는 가능성을 모색한다. 최규승의 시는 '시 이후'에 어떤 시가 가능할 것인가에 대한 탐구를 담고 있다. "시가 무엇인지 기억나지 않는다"(「치매」)라고 말하는 시적 화자의 독

백 같은 것.

이를테면, 그의 '스캣의 탄생' 연작에 대해 말해보자. 스캣scat이란 무의미한 음절로 가사를 대신해서 리드미컬하게 흥얼거리는 것을 말한다. 뜻이 없는 말을 즉흥적으로 흥얼거린다는 측면에서 그 창법의 무의미성과 일회성을 말할 수 있다. 그런데 시가 스캣과 같은 것이 되거나, 혹은 스캣의 요소를 갖는다는 것은 무엇일까? 시는 보컬리스트의 스캣처럼 뜻 없이 즉흥적인 창법으로 유지될 수 있는 것이 아니다. 현대시는 노래에서 분리된 이후, 언어 기호로 구축된 이미지로 자신의 미학을 실현해야만 했다. 시는 의미 없는 흥얼거림만으로 완성될 수 없다. 그럼에도 시가 '스캣'의 요소를 함유한다는 것은, 언어의 지시적인 요소가 아니라 '말의 물질성'에 가까이 가려는 어떤 시도라고 할 수 있다.

그녀는 수평선을 허리에 두르고 마치 사실인 듯

피처럼 붉은 물을 뚝뚝 흘리며

온몸에 전구 같은 심장을 수없이 달고

박동 소리로 말한다

마치 기계처럼, 쇳소리 같은, 소리를 내며 냉정한 여자인 듯,

처럼에게 끝까지 다가가려는 처럼처럼

그러나 처럼이 되지 못하는 처럼처럼

같은에 한 발 물러선 같은 같은

그래도 같은이 되지 못하는 같은 같은

인 듯은 인 듯에 붙어서 인 듯인 듯

어쩌면 인 듯인 듯이 아닌 듯

처럼도 아닌 것처럼

같은도 아닌 것 같은

인 듯도 아닌 듯인 듯

그녀는 수평선을 허리에 두르고

붉은 물을 뚝뚝 흘린다

온몸에 반짝이는 심장을 달고

심장박동으로 말한다 냉정하게

——「처럼처럼」 전문

　　표제작인 이 시에서 '스캣' 탄생의 비밀을 짐작해볼 수 있다. 우선 이 시에는 강렬한 이미지 하나가 부각된다. "그녀는 수평선을 허리에 두르고/붉은 물을 뚝뚝 흘린다/온몸에 반짝이는 심장을 달고" 있다. 이 문장만으로 이 시가 인상적인 이미지를 구축했다고 말할 수 있을지도 모른다. 하지만 이 시는 처음부터 그런 장면의 '진실' 혹은 '은유적인 진실'을 말할 생각이 별로 없다. 첫 행의 "마치 사실인 듯"이라는 표현은 이 시 속에 등장하는 '그녀'의 이미지가

'사실'이 아님을 처음부터 암시한다. 이 시는 여기서 멈추지 않고 '처럼'이라는 조사를 둘러싼 언어 게임을 밀고 나간다. '처럼'이라는 조사는 언어 기호와 대상의 유사성을 표현하려고 하지만 사실 역설적으로 실재와는 완전히 같을 수 없음을 보여주는 것이다. "처럼에게 끝까지 다가가려는 처럼처럼/그러나 처럼이 되지 못하는 처럼처럼"이라는 문장에서, '처럼'은 부사면서 명사가 된다. 명사 '처럼'은 조사 '처럼'이 같아지려고 하는 대상 혹은 그 같음의 성질을 가리킨다. 조사 '처럼'은 명사 '처럼'에 한없이 다가가려 하지만, 결국 명사 '처럼'에 이르지 못하는 것. 결국 조사 '처럼'은 명사 '처럼'에 무한히 다가가려는 불가능한 움직임이라고 할 수 있다.

형용사 '같은'과 의존명사 '인 듯' 역시 마찬가지다. 그것들은 모방 혹은 근접하려는 대상과 끝내 일치할 수 없지만, 그것에 한없이 가까워지려는 어떤 기호다. 이 시는 그러나 "처럼도 아닌 것처럼"이라는 다음 연의 문장에서 '처럼' '같은' '인 듯'이라는 말들의 지향성 자체를 다시 부정한다. 이것은 이중 부정 혹은 이중 부재의 사례라고 할 수 있다. 시의 언어는 대상 혹은 실재에 다가가려 하지만 다가갈 수 없는, 결국 대상과 실재의 부재를 경험하는 언어다. 더 나아가 이 시는 대상과 실재의 부재를 넘어서 개념과 언어의 부재로 나아간다. 그래서 이 시는 결국 아무런 사실도 대상도 말하지 않는 시다. 그녀가 "심장박동으로 말한다"라고 할 때, 그 말은 대상과 의미를 보유한 언어가 아니다. '처럼처럼'이라는 시와 시집의 제목이 암시하는 이러한 이중 부재는 언어와 대상, 언어와 실재 사이의 거리를 감추기보다는 그것을 날카롭게 드러낸다. 언어를 통해서 드러나는 현실이란, 역설적으로 언어를 통해서 현실이 추방되고 대상이 부재함으로써 만들어낼 수 있는 어떤 것이다.

물론 「처럼처럼」은 '스캣'과 같이 의미 없는 흥얼거림으로 채워져 있지만은 않다. 이 시의 문장들은 언어의 불가능성을 보여주기 위해 언어 기호를 사용한다. '스캣'이 보컬리스트의 아무 의미도 없는 몸의 소리만을 드러내준다면, 이 시는 언어의 불가능성을 드러내는 방식으로 시인과 시적 발화자의 얼굴을 지운다. 스캣이 탄생하는 자리는 바로 이런 자리, 언어의 불가능성을 마주하는 자리일 것이다.

꽃이 피었네
말하는 순간 줄기와 뿌리가 화를 낸다
나비는 양 날개를 부딪치며
챙챙, 쇳소리를 낸다
줄기와 뿌리에 불이 붙는다
말없이, 꽃을 본다
침묵의 소리
아무것도 보이지 않는 풍경

말하지 않을 때 꽃이 피고
말할 때 꽃이 진다
꽃과 말은 어긋나고
어디선가 다시 날개 부딪는 소리

아무것도 보이지 않는다
누군가 말한다
꽃이 피었다, 핀다, 피리라,
낡은 시집 속에 수북이 쌓여 있는

지금은 꽃을 피워야 할 계절
다시 침묵의 소리
아무리 화가 나도
말하지 않는
꽃 피는 소리만 요란한   —「발화」 전문

　'발화'라는 보다 직접적인 제목을 달고 있는 이 시에서, 꽃이 피는 사건과 언어 사이의 어긋남은 좀더 명료하게 표현된다. "꽃이 피었네"라고 말하는 순간은 꽃의 개화라는 개별적인 사건의 시간과 일치하지 않는다. "꽃이 피었네"라는 보편적이고 상투적인 말은 시의 화자가 마주했다고 추측되는 구체적이고 개별적인 꽃 한 송이의 개화를 표현

하지 못한다. 이 말은 꽃의 개화에 대한 실감을 오히려 빼앗아간다. "줄기와 뿌리가 화를 낸다" "줄기와 뿌리에 불이 붙는다"와 같은 비일상적인 표현들이 오히려 또 다른 실감에 가까울 것이다. 그러니 차라리 "말없이, 꽃을" 보는 자세가 나을지도 모른다. 그런데 시인은 침묵하는 사람이 아니다. 시의 화자는 침묵조차도 말해야 한다. "말하지 않을 때 꽃이 피고/말할 때 꽃이 진다"는 것, "꽃과 말은 어긋"난다는 것을 잘 알고 있지만, 그럼에도 시적 화자는 '발화'한다. 담아낼 수 없지만, 발화는 마치 '개화'처럼 어떤 언어를 발설하는 사건이 되어야 한다. 그래서 시적 화자는 이상한 말을 내뱉는다. "아무것도 보이지 않는다"라고 말하고, "말하지 않는/꽃 피는 소리"만을 말한다. 보이지 않는 풍경을 이미지화하거나 말하지 않는 방식으로 "침묵의 소리" 혹은 "꽃피는 소리"를 드러내는 것은 불가능한 일이다. 그것은 풍경의 부재와 목소리의 부재를 모두 밀고 나가면서 발화하는 것이기 때문이다. 그러나 시적 화자 혹은 시인은 그런 방식으로 발화한다. 아니 더 정확하게 말하면, 시인이 발화하는 것도 아니다. 다만 "누군가 말한다".

사이처럼

나는 선풍기가 되어 변기에 앉은 나를 보고

선풍기가 된 나를
변기에 앉아서 바라보는 사이
말도 없이 사이는
선풍기와 변기 사이에서
나를 변기와 선풍기로 만들고
그래도 사이가 되지 못하는 나는
변기가 되었다가 선풍기가 된다
부지런히 사이를 지나
선풍기인 나를 나인 변기가
변기인 나를 나인 선풍기가
바라보는 사이
사이가 없으면 아무것도 아닌 사이
결코 사이가 되지 못하는 나는
　　　　　　　　　　—「변기와 선풍기 사이」 부분

　시적 화자가 변기에 앉아 있는 동안 선풍기는 욕실 문 앞에 있다. '나'는 변기와 선풍기의 사이에 있다고 할 수 있지만, 사실 이 시공간들은 모두 "사이와 사이의 조합으로" 이루어져 있다. 그런데 그 '사이들' 속에서 '나'는 어디에 있는가? 전통적인 의미에서 시적 자아는 대상인 사물들을 응시하거나 그것에 의미를 부여하는 위치를 점유한다. '나'는 그것을 볼 수 있고, 그것의 의미를 찾아내는 우월한 지위를 가져야만 한다. 그런데 이 시에서 '나'는 벌어지는 사건들의 진정한 주체가 되지 못한다. 이를테면 "선풍기는 변기에 앉은 나를 훑는다" "선풍기와 바람 사이 나를 핥는다". '나'는 선풍기라는 시선 주체의 대상에 불과하며, 더 나아가 '사이'라는 비인칭적인 주체가 시선의 주체가 된다. 그러니까 '사이'야말로 이 집에서 벌어지는 사건들의 주체인 셈이다. 그런데 '나'는 선풍기나 변기가 될 수 있지만 '사이'는 되지 못한다. '나'는 사물일 수 있지만, 그 사물들의 관계가 되지 못한다. 시의 언어는 사물들의 개별적 실재에 다가가기 위해서 그 '사이'에 다가가려 하지만, 시적 자아인 '나'는 그 '사이'의 주체가 될 수 없다. 시의 언어는 그 사이에서 벌어지는 언어의 사건이지만, 그 경험은 '내'가 그 주체성을 박탈당하고 비인칭적인 존재가 되는 경험이다. "언덕과 나 사이/선명한 선/나는 투명한 점이 되어간다"(「소실점」)라고 말할 수밖에 없는 사태.

한 생이 지난 여운이라 쓰고
또 웃는다
여전히 나무와 나무 사이
여운과 여운 나무
사람과 생과 여운과 나무 사이
사이와 사이를 가득 채운
사이
한 사람은 여운으로 지나간다

라고 쓰고 웃는다

지나간다와 가득 채운 사이

웃는다가 남는다

다 지나가고 남는다만 남는다

쓴다와 웃는다 사이

사이와 사이 사이

사이만 남는다

라고 쓴다   ──「사이시옷」 부분

　여기 또 하나의 '사이'가 있다. 이 시에는 표면적으로 보는 주체와 보이는 대상의 구분이 존재한다. 시적 화자는 지금 한 사람이 지나가는 것을 보고 있다. 시적 화자는 보는 자며, 동시에 본 것을 시로 쓰는 자다. 그런데 문제가 있다. 보는 것과 그것을 쓰는 것 사이에는 시간의 간격이 있다. 시적 화자는 보는 동시에 쓰는 자가 될 수 없다. 따라서 한 사람을 본 이후에 시적 화자가 그것을 쓰는 사이에 또 "나무 사이로/ 한 사람이 지나"간다. 나무 사이로 지나가고 나무 사이로 보였다 보이지 않고, 찼다가 비워지는 사람을 즉각적으로 기록할 수가 없다. 쓰는 사이에 이미 다른 '사이'의 장면들이 나타난다. '여운'이라는 상대적으로 추상적인 단어가 등장하는 것은 이 때문일 것이나. 쓰는 순간은 다만 동시간대의 '현장'에 대해서가 아니라 '여운'에 대해서 쓰는 것이다. 시적 화자가 자신이 쓰는 행위

에 대해 쓸 때, 다시 말하면 메타적인 시 쓰기를 할 때, 그
것은 사건과 시 쓰기의 '사이'에 대해 쓰는 것이 된다. 결
국 시 쓰기의 주체는 사건과 언어의 사이에 있는 시적 주
체 자신을 시 쓰기의 대상으로 하는 '자기 반영'의 위치에
서게 된다.

사이보그처럼

여행 가방 안
속옷 몇 개
세면도구와 새로 산 슬리퍼
입원 확인서를 넣고
집을 나선다

돌아올 때는
거추장스러운 것 모두
떼어내고
가벼운 몸으로 돌아올 수 있을까

가방이 덜덜 끌려온다

오늘은 아침이 두 번

바다보다 깊은 낮잠
고래 배 속보다 어두운 시간

흘려보내고

가방이 나를 끌고
집으로 돌아간다

나를 반기는 거꾸로 가는 시계

나는 몸이 너무 가벼워
거울을 든다   ──「여행」 부분

　‘나’는 여행을 떠나는 것이 아니라, 입원하기 위해 집을 떠나려 하는 사람이다. 그리고 다시 집으로 돌아올 때 ‘나’는 다른 존재가 되어 있다. 이 시는 입원과 퇴원이라는 여정의 시간을 마치 짧은 동시적 시간처럼 압축적으로 제시힌다. 시 속에서 시간이 진행되었는데도 ‘오늘은’이라는 특정한 시간대를 나타내는 단어가 등장하는 것은 시제상의 모순이지만, 이 시의 시간은 그 압축된 여행의 서사에서 몸과 존재의 변화를 간결하고 담백한 방식으로 보여준다. “가방이 덜덜 끌려”오던 입원의 길과는 달리 퇴원의 길에서는 “가방이 나를 끌고/집으로 돌아간다” 퇴원길의

이러한 전도(顚倒)는 이 시의 주체가 다른 존재가 되었음을 보여준다. '사이보그 리포트'라는 부제가 암시하는 것처럼, 이 시의 주체는 전적으로 '사람'의 몸이라고 할 수 없는 '다른 몸'의 가능성으로 변이된다. 너무 가벼워진 몸은 "고래 배 속보다 어두운 시간"을 통과하고 "거꾸로 가는 시계"의 시간을 사는 몸이다. '다른 몸'으로의 전이는, 다른 시간, 다른 존재로의 변이가 일어나는 사건이다. 이때 일인칭 '나'는 자기동일성 혹은 실존적 정체성을 가질 수 없다. "어제 이후 난 사람이 아니다"(「귀」) 혹은 "눈을 떠도 나는 내가 아니다"(「바람의 실루엣」), "내가 웃으며 나를 떠나간다/나를 노려보며 내가 달아난다"(「견인」)와 같은 사태 속에서 '나'는 일인칭의 권위와 실체를 갖지 못한다.

사내는 해를 등지고
그림자를 보고 있다
길게 누운 건물들
쓰러진 채 달리는 버스
사내를 밟고 지나간다
몸 가운데 타이어 자국이 선명한 그림자
벌떡 일어나 사내에게서 발을 뺀다
그림자를 잃은 사내는 보도블록에 붙어버린다
멀어져가는 그림자를 쳐다보는 사내

기울어지는 해를 따라 점점 길어진다

──「그림자놀이」 부분

　그림자는 몸이 아니라, 몸의 그늘이다. 그림자를 보는 사내는 자기 몸의 그늘을 보고 있는 것이다. 그런데 사건이 일어난다. "쓰러진 채 달리는 버스/사내를 밟고 지나간다". 쓰러진 채 달린다는 표현을 고려한다면, '버스─그림자'가 사내를 지나간 것이라고 볼 수 있다. 그런데 이 그림자의 사고로 사내의 그림자는 "몸 가운데 타이어 자국이 선명"하다. 사내는 그림자를 잃는다. 사내가 보도블록에 붙어버리는 일은 그림자를 잃은 사내의 몸이 감당하는 사건이다. 그림자의 사건은 몸 바깥의 사건이지만, 몸과 긴밀한 연관을 가진 사건이다. 그래서 이런 그림자의 사건을 기록하는 것은 그 사건이 실재적인 사건이 아니라 그림자들이 겪는 가상의 사건이라는 뉘앙스, 동시에 몸과 그림자라는 안과 밖의 경계를 넘어서 몸의 내부 자체를 텅 빈 것으로 만드는 시적 효과를 동시에 낳는다. 그림자의 사건은 몸이라는 실체를 가진 주체의 무게를 가볍게 비워버린다.

고통처럼

　여자는 나무의 그림자를 안고 있다

까맣게 빛나는 오후

눈을 감는다

한 박자 쉬고

고개를 돌린다

여자의 배경이 흐려진다

틀 밖을 응시하는 여자

아무도 모른다

사진을 찍는다

여자의 사진이 지워진다

흐려진 배경이 모니터 속에서 선명해진다

또 한 박자 쉬고

여자의 발걸음이 흐른다

나무의 그림자 발걸음을 붙든다

그림자 위로 흘러내리는

발걸음

그림자 지워진다

한 남자가 지나간다

모든 노래는 벽 위에서 자란다

나무는 여자의 그림자를 안고 있다　　　—「왈츠」전문

'남자'와 '여자'라는 호칭에 대해 먼저 말해보자. 이런 명사들은 특정한 한 명의 남자와 여자를 떠올리게 하는 대신에, 추상적이고 보편적인 남자와 여자를 떠올리게 하기 때문에, 일종의 '텅 빈 대명사'라고 할 수 있다. 그리고 이러한 '텅 빈 대명사'들은 시적 언어가 붙잡으려고 하는 사물의 개별성과 고유성에 대한 명명의 욕망을 포기하는 것처럼 보인다. 문학의 언어가 대상과 사물의 개별성을 파고들려는 시도라고 할 때, 이런 명명법은 개별성의 추구를 부정하고 포기하는 것처럼 보인다. 그런데 바로 언어가 대상의 개별성을 담아낼 수 없다는 것을 폭로함으로써 시적인 명명의 자기한계를 드러내고, 오히려 그 대상의 부재를 현시하는 것이 아닐까?

시의 제목대로라면 여자는 왈츠 혹은 왈츠와 유사해 보이는 어떤 몸짓을 수행하고 있다. 현재형의 문장들은 여자의 몸이 벌이는 사건이 진행 중임을 말해준다. 그런데 사실 이 장면은 여자의 몸이 수행하는 몸의 사건이면서, 여자의 시선이 무언가를 응시하는 시선의 사건이다. "눈을 삼는다" "틀 바을 응시하는 여자"라는 표현들이 드러내는 것은 여자의 시선의 무힘이다. 그러니까 여자는 몸을 움직이면서 무언가를 응시하는 여자다. 그러나 여자는 이 시의 장면들을 지배하는 진정한 시선의 주체가 될 수 없다. 이 시의 토대에서 정작 결정적인 것은 여자의 움직임을 지켜보는 '누군가'의 시선이다. 이를테면 "사진을 찍는다" "흐려진 배경이 모니터 속에서 선명해진다"라고 할 때,의 주체 말이다. 그 주체는 이 시를 떠받치는 지배적인 시선의 주인임에도 그 얼굴을 드러내지 않는다. 어쩌면 이 익명적인 시선의 주체를 이 시의 진정한 주체라고 말해야 할지도 모른다. 따라서 "여자는 나무의 그림자를 안고 있다"에서 "나무는 여자의 그림자를 안고 있다"까지의 능동과 수동의 역전은 여자의 선택이 아니라, 그 움직임을 지켜보고 재배치하는 익명적인 시선 권력의 선택이다. 이 익명적인 시선 앞에서 '여자—그녀'는 끊임없이 '재배치'된다.

그녀를 벗는다
블라우스와 브래지어가 팔과 가슴을 벗는다
청바지가 다리를 벗는다
팬티는 엉덩이를 벗는다
커피 잔이 손을 벗고 길이 발을 벗는다
땀냄새와 눈빛을 벗는다
숨결과 비명을 벗는다
유리창의 파편을 벗는다
살점 하나 남기지 않고 모두 벗는다

그녀의 옷은 아무 몸도 걸치지 않았다
벗은 몸을 구겨서 던진다
옷걸이에 걸린다

걸린 몸이 자란다

입을 가르고 손이 비어져 나온다

마디마디 갈라져 뻗는다

그 끝에 새살이 돋고 몸이 맺힌다

──「벗는다」 부분

이 시에서도 '그녀'의 개별적인 실존은 중요하지 않으며 파악할 수도 없다. 그녀는 "세상에 없는 그녀의 시간"(「걸어간다」) 속에 있다. 옷을 벗는 그녀는 그 벗은 행위의 주체도 아니다. 벗는 주체는 그녀가 아니라 블라우스와 브래지어와 청바지와 팬티다. 이 전도는 그녀라는 일반 명사의 개별성을 앗아가고 그녀를 완벽한 피동의 상태로 만들어 거의 사물의 수준으로 전락시킨다. 이 시의 주체는 그녀의 옷이 되어버리고 그 옷이 벗어버린 그녀의 몸은 마치 식물처럼 자란다. 옷은 그녀의 몸을 자르고 물을 주고 따서 입는다. 이 괴기한 상상력이 비워내는 것은 '몸─주체'의 무게와 위치다. 자명한 '주체'라고 생각되는 것들의 무게를 비워버리고, 그리고 그 위치를 주체의 자리에서 끌어내려 피동의 상태로 만들어버릴 때, 시는 서열의 역전과 존재의 재배치를 통해 주체를 둘러싼 상투적인 관념과 감각을 무화시켜버린다.

최규승의 시가 드러내는 것은 어떤 감동도 어떤 위로도 어떤 슬픔의 지점도 아닐 것이다. 이미 발화된 언어, 이미 실재한다고 믿고 있는 주체의 언어들이 사실은 그 실재를 붙잡을 수 없음을 폭로하는 것, 그래서 그 주체를 익명적이며 텅 빈 존재로 만들어버리고, 그의 언어를 지시성을 포기하는 방식으로 '다른 삶'을 전달하는 것이다. 이미 사물의 죽음, 주체의 죽음을 경험한 자에게 시는 '시 이후의 시'여야 한다. "중얼거리며 그곳에서 나는/여러 번 죽었던 적이 있다/죽음은 너무 권태롭고/삶은 이야기할수록 거짓이 될 뿐이다"(「조사」). 이때 최규승의 시는, 시라고 불리는 제도적 문법 이후의 시이며, 시와 세계가 사라진 다음 다른 삶의 보존이다. 지시하지 못하는 언어를 통해 다른 삶의 감각을 전달하는 시는 이미, '시 이후의 스캣'의 가능성에 접근해 있다. 그의 언어들은 언어가 실재에 닿을 수 없다는 것을 보여줌으로써 다른 언어의 세계를 낳는다. 그것이 궁극적으로 향하는 것은 아마도 아주 고요한 시 이후의 침묵일 것이며, 고통 이후의 다른 고통의 감각일 것이다.

수천 킬로미터 떨어진 곳에서
땅이 흔들리고
물이 끓고
공기가 찢어지는
것도 내 것인 날이었다
너의 날도 그의 날도

개와 쥐의 날도
모두 내 것인 날이었다

쿠키의 날이었고
커피의 날이었고
냉장고의 소음이 불규칙한 날이었다
롤러코스터의 날이었다
찻잔의 날이었고
테이블의 날이었고
견과류의 날이었다

나팔소리 흔들리는 날이었다
모든 것이 흔들리는 날이었다
나만 꼿꼿한 날이었다
아무것도 아닌 날이었다   ——「고통」 부분

　아주 고통스러운 날, 고통스러운 기억이 있다고 해보자. 그 고통의 시긴, 고통의 기억을 표현하기 위해 어떤 언어가 동원되어야 할까? 여기의 언어들은 고통의 사건을 설명하지도 않고 고통의 내부에 있지도 않고 고통의 개별성을 드러내주지도 않는다. 다만 "모두가 내 것인 날" "나만 꼿꼿한 날" "아무것도 아닌 날"의 여러 가지 사물들에 대해 쓴다. 그 사물들을 나열하는 것은 아마도 한 사람의 고

통과 무관할 것이나, 그럼에도 이런 방식으로, 고통을 지시하고 의미화하는 것을 단념하는 방식으로, 고통이 무심하게 쪼개어질 때, 고통의 중심은 아니더라도 시는 '고통처럼'에 한없이 다가갈 수 있다. 그것은 "누군가의 안녕을 묻기에/내 시는 아직 아프다"(「커튼」)고 말할 수밖에 없는 익명적인 존재의 비명이다. ▨